NOELS

OV

CANTIQVES

NOVVEAVX
SVR LA NATIVITE' DE
Noſtre Sauveur & Redempteur
IESVS-CHRIST.

Sur les plus beaux Airs de ce temps.

A PARIS,
Chez la veuve NICOLAS OVDOT, ruë
vieille Bouclerie, au bout du Pont
Saint Michel.

————————————————————
M. DC. LXXIX.
AVEC PERMISSION.

CANTIQVES
SPIRITVELS,
OV NOELS NOVVEAVX,

SVR LA NAISSANCE
du Sauveur du Monde.

Sur l'air, *I'ay entendu vne voix qui m'a crié par trois fois, &c.*

Les Pasteurs.

QVEL est ce brillant éclaire,
Qui devers nous s'avance ;
N'entendez vous point parler
Quelqu'un qui s'écrie en l'air,
Silence, silence, silence.

O signes prodigieux!
O merveilles estranges!

A

Compagnons ouvrez les yeux,
vous verrez parmy les Cieux,
Des Anges, des Anges, des Anges.

Ils font retentir nos bois,
En frapant nos oreilles,
Et de leurs divines voix,
Ils crient tous à la fois,
Merveilles, merveilles, merveilles,

C'est un miftere eftonnant
Que l'on nous manifefte,
L'on nous dit qu'en ce neant
Vient de naiftre un bel Enfant,
Celefte, celefte, celefte.

Les Anges.

Heureux Bergers, c'eft pour vous
Qu'il vient icy de naiftre;
L'on ne voit rien de fi doux,
Et cet Enfant eft de tous
Le maiftre, le maiftre, le maiftre.

Dans un eftable à minuit,
Par un facré miftere,

L'on peut dire de ce fruit
Qu'une Pucelle a produit
Son pere , son pere , son pere.

Bergers apprenez de nous
Quel est vostre avantage .
Ce grand Roy vous veut voir tous ;
Allez luy rendre à genoux
Hommage , hommage , hommage.

Les Bergers.

Allons-y diligemment ,
Et suivons ces lumieres ,
Ne tardons pas un moment ,
Réveillez-vous promptement ,
Bergeres , Bergeres , Bergeres.

Que nostre bon heur est grand ,
Voicy ce doux spectacle ;
Car Tyrsis en l'admirant ,
S'est crié tout en entrant ,
Miracle , miracle , miracle.

Bergers ne sentez - vous pas
Dans vos cœurs mille flâmes ,
Que cet enfant a d'appas ,

Offrons - luy jufqu'au trépas,
Nos ames, nos ames, nos ames.

AVTRE,

Sur l'air, *Cent efcus aimable Climent, &c.*

ALlons voir
Berger & Bergere,
Allons voir
Noftre vnique efpoir,
Que chacun luy rende fon devoir,
A cet enfant fur le fein de fa mere,
Ah! ah! ah! ce divin miftere
Se peut-il concevoir.

Permettez,
Vierge fans pareille,
Permettez
De voir ces beautez,
L'on ne voit icy que de clartez,
Et de voix qui nous charment l'oreille,
Ah! ah! ah! divine merveille,
Que vous nous enchantez,

Dieu d'amour
Voicy voſtre Louvre,
Dieu d'amour
voicy voſtre Cour,
Mais grand Dieu dans ce pauvre ſejour,
Que des merveilles l'on découvre,
Ah ! ah ! ah ! voſtre cœur nous ouvre,
Et met ſa grace au iour.

AVTRE,

Sur l'air, *Ianneton fait la farouche,* &c.

L E Roy des Cieux vient de naiſtre
Dans des vieux murs tous rompus,
Allons pour le reconnoiſtre,
Bergers ne tardons plus,
La lon, lan, ne tardons plus,   bis.

Il faut porter à la Mere,
De quelque beau linge fin,
Dont la belle pourra faire
Des drapeaux à ſon Dauphin,

La lon , lan la , à ſon Dauphin , bis.

Damon porte ta muſette
Pour chanter au petit Roy ,
Une douce chanſonnette ,
Que tu diras avec moy ,
La lon , lan la , au petit Roy ;
La lon , lan la , au petit Roy.

Autre,

Sur l'air , *Apres avoir deſſus l'her-*
bette , &c.

BErgers allons voir dans l'eſtable
Ce divin Fils du Tout Puiſſant ,
Puis qu'il eſt né ſi miſerable , .
Portons luy chacun un preſent ,
Puis nous accorderons nos voix
Bergers & Bergeres ,
Puis nous accorderons nos voix
Sur les hautbois.

L'on dit que ce grand Roy des Anges
Eſt nud entre deux animaux,
Philis luy portera des langes,
Et toy Climene des drapeaux,
Puis nous accorderons nos voix
Bergers , &c.

Sus, ſus, Paſteurs, que l'on s'avance,
Ie vois ce petit Enfant Dieu,
Faiſons luy tous la reverance
En entrant dans ce ſacré lieu,
Puis nous accorderons , &c.

Autre,

Sur l'air, *Vous qui corrompez le jus Bachique, &c.*

Faudra-t'il laiſſer à l'avanture
Nos brebis à la guele des loups ;
Mes compagnons à quoy ſongez-vous,
Si les loups en font leur paſture,
Cette perte nous ruinera tous.

✻

Non, Bergers, abandonnons nos gran-
ges,
Et quittons sans craintes nos troupeaux,
Laiffons les paiftre fur ces cofteaux,
Puis que ces Officieux Anges
Nous les garentiront de tous maux.

✻

Ie vais porter une brebiette,
Dont la laine femble du coton,
Pour offrir à ce divin poupon :
Toy Damon porte ta muzette,
Surquoy tu joüeras une chanfon.

✻

Toy , que luy donneras-tu Perrette,
A cet Enfant fi rare & fi beau,
Tu luy feras prefent d'un berceau,
Porté par ton vallet Narette,
Et du drap pour luy faire un rideau.

✻

L'on dit qu'une Vierge en eft la Mere,
Qui l'a mis au monde cette nuit,
Dans une grotte obfcure fans bruit,

Sans lit , fans fecours , fans lumiere ,
C'eft l'eftat où nos maux l'ont reduit.

Autre ,
Sur l'air , *Vous avez l'humeur fri-*
ponne , &c.

HA ! quelle réjoüiffance
Sur la Terre & dans les Cieux ,
Pour la divine naiffance
D'un enfant mifterieux ,
L'on dit qu'il eft d'une effence
Qui confond les curieux.

L'on dit que iamais la terre
N'a rien eu de fi parfait ,
Qu'il eft le Dieu du Tonnerre ,
Celuy par qui tout s'eft fait ,
Celuy dont la main enferre ,
Et regle ce qu'il luy plaift.

Le Tout-Puiffant eft fon Pere ,

Qui l'a fait defcendre icy,
Une Vierge en eft la mere,
Et tout a bien réüffi,
N'en cherchons point le miftere,
C'eft Dieu qui l'a fait ainfi.

Autre,
Sur l'air, *Va-t'en voir s'ls vien-*
nent , etc.

Nanette, Toinon, Floran,
Veulent qu'on les mene,
Et ie croy que Clidamant
Suivra Lifimene,
Va-t'en voir s'ils viennent,   bis.
S'ils ne viennent revien t'en,
Nous partirons à l'inftant,
Va-t'en voir s'ils viennent.

Vn Berger.

Ils viendront dans un moment,
N'en foit point en peine,
Et porteront à l'Enfant
Deux beftes à laine,

Les voicy qui viennent,   bis.
Puis que chacun eſt contant,
Nous partirons à l'inſtant,
Les voicy qui viennent,   bis.

Autrè,

Sur l'air , *Du Traquenard, &c.*

COmpagnons d'où venez vous.
Vous vous entre ſuivez tous,
L'on voit dans vos yeux
L'allegreſſe , l'allegreſſe,
L'on voit dans vos yeux
Que vous eſtes bien joyeux.

Chacun de nous en effet,
Et contant & ſatisfait,
Nous venons de voir
Un prodige , un prodige,
Nous venons de voir
Ce qu'on ne peut concevoir.

Dites-nous donc promptement,
Quel est cet évenement,
Certain bruit confus
En murmure , en murmure,
Certain bruit confus,
Mais nous n'en sçavons rien plus.

C'est un aimable Dauphin,
C'est un enfant tout divin,
Que nous avons veu ,
Plein de charme , plein de charme,
Que nous avons veu ,
De gloire & d'attraits pourveu.

Voudroit-il voir des Pasteurs,
Comme il feroit des Seigneurs,
On l'a veu pour nous
Debonnaire , Debonnaire,
On l'a veu pour nous
Aussi complaisant que doux.

L Est-il dans Hierusalem ?

Non , il est dans Bethléem ,
Qui n'a pour maison
Qu'une estable , qu'une estable ,
Q i n'a pour maison
Qu'une estable à l'abandon.

AVTRE,
Sur un air chanté au fâcheux ,

Vi-t'on iamais Nymphe plus gen-
tille , &c.

VI-t'on iamais Vierge si charmante ,
Que la Mere du Sauveur ?
En vi t'on iamais qui fut si contente,
Ny si comblée de faveur ?
En vi t'on iamais qui fut si contente,
Ny si pleine de ferveur.

Quel bon heur , quelle insigne grace,
De porter entre ses bras,
Celuy de qui la grandeur efface
Toutes les grandeurs d'icy bas,
Celuy de qui la grandeur efface

Ce que le monde a d'appas.

Chafte efpoux, Vierge chafte & belle ;
Que voftre deftin eft doux ,
Dieu vous donnera la gloire éternelle,
Où vous ferez eflevée fur tous ;
Dieu vous donnera la vie éternelle ,
Nul ne l'aura comme vous.

AVTRE,

Sur l'air, *Quand l'Opera tant*
venté par la Grille, &c.

QVand Dieu voulut
De l'humaine nature ,
Fairé le falut,
Dans un moment il refolut
De prendre enfin un but ;
Pour le conclure ,
Il nous facrifia fon Fils mefme ,
Qui pour montrer aux mortels un tendre
amour,
Defcendit de fa glorieufe Cour ,

Pour

Pour soûlager noftre mifere extréme.

🌼

Roy Souverain
Qui lancez le Tonnerre ;
Vous de qui la main
N'entrepris iamais rien en vain ;
Vous vous faites humain
Deffus la terre ;
Vous qui pouvez icy tout conduire ;
D'un clin d'œil , & d'un mouvement fans
    effort ,
Vous qui pouvez reduire noftre fort,
Par luy , Seigneur vous vous laiffez reduire.

🌼

L'amour fe rend
Par tout fouverain maiftre,
Sauveur jufte & grand
Vous voyez comme il vous furprend ;
Et comme il vous attire en ce bas eftre ;
Voftre pouvoir incomprehenfible ,
Seigneur, n'a pû refifter contre l'amour ;
Il vous a fait venir dans ce fejour ,
Où vous paroiffez à nos maux fenfible.

DIALOGVE DES ANGES
& des Bergers.

Sur l'air, *Beuvons chers amis beu-
vous, &c.*

Les Anges.

L A paix soit chez , Bergers,
Et gloire au Dieu qui nous cõmande ,
Nous sommes une bande
De divins Messagers ,
Ce que l'on vous veut faire entendre
Est pour vous Bergers un bon heur,
Qui vous doit tous, qui vous doit tous sur-
   prendre,
Qui vous doit tous surprendre,
Et vous combler d'honneur.

Les Bergers.

Sus , sus , réveillez-vous tous,
Des beaux Anges nous y convient,
Oyez comment ils crient,
Ils en veulent à nous ;

Sus , defillez donc vos paupiers ,
Pour voir dans les airs mille feux ;
Ha! l'on ne voit , l'on ne voit que lumieres,
L'on vient d'ouvrir les Cieux.

Les Anges.

Dieu qui regit l'Univers,
Qui fit les Cieux , la Terre & l'Onde ;
Le Monarque du monde,
Qui punit les pervers,
Il est nay d'une Vierge fage ,
Allez-y Bergers de ce pas,
Allez , allez luy rendre hommage ,
Allez-luy rendre hommage ,
Et ne differez pas.

Les Bergers.

Bon , que nous dites vous ,
Vous n'y penfez pas divins Anges,
Ces ordres font eftranges
A des gens comme nous?
Quoy , nous verrions le Roy de gloire ?
Non, non, beaux efprits c'eft affez ,
Si nous ofions , fi nous ofions le croire ,
Si nous ofions le croire ,
Nous ferions incenfez.

Les Anges.

Vous ferez les bien-venus
Pres de cette augufte puiffance,
Allez en affeurance,
Sans craindre aucun refus,
En Bethléem dans une eftable
Loge ce Dauphin fans égal,
Mille fois plus , mille fois plus traittable,
Mille fois plus traittable,
Que le dernier vaffal.

Les Bergers.

Raffurez par vos propos,
Nous y courons fans plus attendre,
Bergers il faut defcendre
De deffus nos coftaux,
Pour aller voir cet Enfant rare;
Appellons Perrette & Collin ,
Et que chacunque chacun fe prepare.
Pour fe mettre en chemin.

POVR LA NAISSANCE,

Sur un de l'Opera.

Heureux qui peut plaire, heureux
les amans , &c.

Vierge belle & sage,
Et vous son Espoux,
Agreérez-vous
De nostre laictage,
Il est frais & doux,
Et nostre compere
Dans sa panetiere,
A pour vostre Fils,
Des raisins confis ,   bis.

Une autre Bergere
Porte des drapeaux,
Voicy deux agneaux
De nostre chomiere,
Qui sont des plus beaux,
Le Berger Narette
Porte sa muzette,

D nt les doux accords
Charmeront vos fens,   *bis.*

Viens icy Nanette
Donner ton prefent
A ce bel Enfant,
Et fais fa coucherte
Un peu mollement,
Le froid qu'il endure,
Couché fur la dure,
Nous doit efmouvoir
A ce faint devoir,   *bis.*

AVTRE,

Sur l'air, *Vn iour Guillot voyant Margot, &c.*

Pierrot.

Micho qui caufoit ce grand bruit,
Que l'on a fait toute la nuit
Autour de noftre voifinage,
J'ay penfé me mettre en courroux,

D'entendre crier du Village,
Sus, fus, Bergers, fus, fus, Bergers ré-
veillez-vous,
Réveillez-vous-, réveillez-vous.

Ce bruit croiſſoit de plus en plus,
Ils crioient comme des perdus,
C'eſt trop dormir, qu'on fe réveille;
Ils repetoient touſiours cela,
Bergers venez voir la merveille,
Et vos troupeaux,
Et vos troupeaux laiſſez-les là, laiſſez les là,
laiſſez-les là.

Micho.

Hé, quoy Pierrot tu ne ſçait pas
Qu'un Dieu vient de naiſtre icy bas.
Et s'eſt réduit dans une grange,
Il n'a ny couche ny berceau,
Et dans cette miſere eſtrange,
Tu le verras, tu le verras, rien n'eſt ſi beau,
Rien n'eſt ſi beau, rien n'eſt ſi beau,

Pierrot.

Micho parle plus clairement,
Tu me mets dans l'eſtonnement,

Sans que i'y puiſſe rien comprendre,
Ie t'en conjure explique-toy,
Mais pour te mieux faire entendre,
Mon cher voiſin, mon cher voiſin,
Entre chez moy ;
Entre chez moy.

Autre,

Sur l'air, *Ha¡ Monſieur le Capi-
taine*, &c.

HA ! divin Fils de Marie
Vous ſoyez le bien venu,
Vous nous redonnez la vie,
Ha ! divin Fils de Marie,　　　bis.
L'enfer nous l'auroit ravie,
Si vous n'eſtiez deſcendu.

Avant qu'on vous vit paroiſtre,
Tout eſtoit icy perdu,
Satan ſe rendoit le maiſtre,
Avant qu'on vous vit paroiſtre,　　bis.
Mais dés qu'il vous a veu naiſtre
Il a moins fait l'entendu.

Ne répandons plus de larmes ,
Ne souffrons plus tant des morts,
Jesus finy nos allarmes ,
Ne répandons plus de larmes,   bis.
Satan malgré ses vacarmes ,
Sent avorter ses efforts.

Dieu que vous est prospere
A ces pecheurs malheureux ,
Pour soulager leur misere ;
Dieu que vous estes prospere ,   bis.
Ils ne sont rien que poussiere ,
Et vous faites tout pour eux.

Autre,

Sur l'air, *Qu'en dira-t'on &c.*

NE craignons plus les infernalles ra-
ges,
Un Enfant Dieu vient punir leurs forfaits,
Et les outrages ,

Qu'ils nous ont faits,
Sont à present sans fruit & sans effets,
Tout est en paix.

Apres l'orage est venu la bonnasse,
Satan ne peut faire d'autres projets,
S'il nous menace
De nouveaux traits,
Ce sont des coups qui seront sans succés,
Tout est en paix.

Ne crains donc plus nature gemissante,
Le Roy des Cieux a pris tes interests,
Sa main puissante
Fait des progrez,
Dont le bon heur ne finira iamais,
Tout est en paix.

Chantons mortels, chantós avec les Anges
A cet Enfant plain d'attraits,
Mille loüanges.
Et desormais
Ne songeons plus qu'à ses rares bien-faits,
Tout est en paix.

NOEL SVR VN AIR ANCIEN

de la Visitation de la Vierge Marie, & sainte Elizabeth.

Sur le chant, *Vn iour que ma cruelle*, Ou sur le chant, *Vive la Marguerite qui me porte bon-heur.*

LOrs que la Vierge sainte,
Pleine du saint Esprit,
S'apperçeut estre enceinte
Du Sauveur Jesus-Christ,
Tost apres se propose,
Sortir de Nazareth,
Et son chemin dispose,
Pour voir Elizabeth.

Elle va par campagnes,
Par sentiers & détroits,
Et passe les montagnes,
Les rochers & les bois,
Puis estant parvenuë

Aux lieux où elle alloit,
Humblement la saluë
Comme elle defiroit.

D'une accolade fainte,
Et d'un baifer permis,
Se tint long-temps eftreinte
Cette couple d'amis ;
Lors l'ancienne Dame
La fit feoir promptement,
Puis le difcours s'entame,
Luy difant humblement.

Selon voftre jeuneffe,
Vous faites le devoir
D'honorer ma vieilleffe,
Et de me venir voir ;
Mais entant qu'eftes mere
De mon Benoift Sauveur,
Faut que ie vous revere,
Et vons rende l'honneur.

Avez vous entendu
Que ce faint fruit de vie

En moy s'eſt deſcendu,
Et m'ait donné la vie
Pour prendre chair hnmaine,
Et le monde ſauver,
Qui vous rendre certaine,
D ainſi me l'approuver.

Elizabeth.

Si toſt que de la porte
Vous avez approché,
Cet Enfant que ie porte
En mon ventre couché,
D'une grande allegreſſe
M'a fait treſſaillir,
Joyeux de voir l'Alteſſe
De ſon doux Roy venir.

O bien heureuſe Vierge ;
Qui telle fleur produit,
O digne ſainte Vierge ;
De porter un tel Fruit,
Ma couſine tres chere
Explique moy comment
S'eſt fait un grand miſtere
De noſtre ſauvement.

Marie.

J'estois en ma chambrette
En meditation,
Sur ce que le Prophete
Dit par prediction,
Qu'une Vierge tres-belle,
Un fils conceveroit,
Et demeurant pucelle,
De luy enfanteroit.

Estant sur ce passage,
Un Ange vint du Ciel,
Qui me fit le message
Du Roy Celestiel;
Mais premier me saluë
En toute humilité
Et moy ie fus émeuë
Toute en timidité.

Pour me rendre asseurée,
Il me dit, ne crains pas,
De la voûte azurée,
Dieu m'envoye icy bas,
Afin de te faire entendre

Que son doux Fils tres-cher
Veut en tes flancs descendre,
Afin d'y prendre chair.

C'est chose toute seure,
Luy dis je sur, ce lieu,
Que d'estre Vierge pure ;
J'ay fait un vœux à Dieu,
Lors il me dit en somme,
Le saint Eprit viendra,
Qui sans ouvrage d'homme,
Cet œuvre entreprendra.

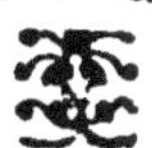

Pour te rendre certaine,
Qu'il en a le pouvoir,
Ta cousine germaine
Il a fait conceuoir,
Hors d'aag & d'esperance,
Il y a ja six mois,
Dont j'ay bonne asseurance,
Ores que je vous vois.

Alors obeïssante,
Je luy dois d'umble cœur,

Je suis l'humble servante,
De Dieu le Createur,
Ensuivant ta parole,
Fasse mon Dieu mon Roy,
Lors l'Ange du Ciel s'envole,
Et Jesus vint en moy.

Elizabeth.

O bien heureuse Mere,
D'avoir ainsi conçeu
Le Fils de Dieu le Pere,
Et en vos flancs receu,
Beniste entre les femmes,
Vous serez desormais,
Et des plus belles ames,
Reclamée à jamais.

Marie.

Mon ame magnifie,
L'Eternel Tout Puissant,
Mon Esprit glorifie
Son saint Nom Triomphant,
Car il a fait eslite
De mon humilité,
Dont je seray beniste
De la posterité, Noel, Noel Noel.

FIN.

www.ingramcontent.com/pod-product-compliance
Lightning Source LLC
LaVergne TN
LVHW012146170726
843503LV00009B/4001